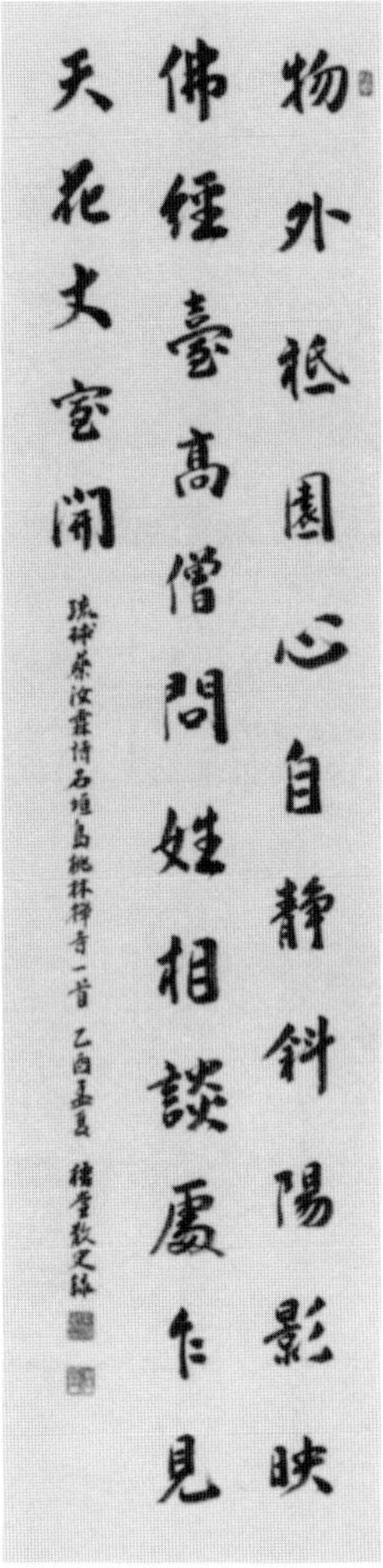

著者染筆

訳文　物外の祇園、心自ら静かにして、
斜陽の影は仏経台に映ず。
高僧姓を問ひ、相談《あひ》ずる処、
乍《たちま》ち天花の丈室に開くを見る。

琉球蔡汝霖詩石垣島桃林禅寺一首　乙酉孟夏　梧堂散史録す。

（本文五十四頁及び後記参照）

歌集

沖縄の四季（新版）

大久保 梧堂

文芸社

装丁の花／梯梧（デイゴ）

歌集　沖縄の四季（新版）◎目　次◎

沖縄の四季（昭和五十九年三月―昭和六十一年十二月）―― 7

昭和五十九年 9

昭和六十年 47

昭和六十一年 87

沖縄の四季拾遺（昭和六十一年十月―昭和六十二年五月）―― 131

沖縄の旅 ―― 147

沖縄本島の旅（一）（平成八年十月） 149
八重山の旅（平成十二年十一月） 154
宮古島の旅（平成十二年十一月） 159
沖縄本島の旅（二）（平成十二年十二月） 164

後記 169
主要地名等索引 173
沖縄本島・沖縄諸島略図 176
植物名索引 178

沖縄の四季

（昭和五十九年三月—昭和六十一年十二月）

昭和五十九年

かがやきて連なる丘の灯火《ともしび》をホテルの窓に
ながく眺めぬ
三月九日那覇到着

喧《かまびす》しき東京の暮しに別れ来て海べの椰子の蔭
に息づく
沖縄到着の頃四首

新緑《にひみどり》色深きかも三月の今帰仁城址《なきじん》わが訪ひ来るに

今帰仁城は、沖縄本島の三山対立時代（十四、五世紀）、北山の拠城なりしが、一四一六年中山（那覇等を支配）に討たれぬ。

あのあたりも激戦ありしと浦添《うらそへ》の城址より指す丘の起伏を

珊瑚礁を望む独房に人を見ず春闌《た》けて暑き沖縄刑務所

中城《なかぐすく》の城跡《しろあと》に立ちて君の指す海に霞みて久《く》高島《だかじま》見ゆ

中城城址三首

城跡に茂れる草を押し靡《なび》け海へ吹く春の風疾きかも

三月の中城の丘にひそみ咲くシークヮシャーの香をいとほしむ

小果の柑橘

宮古島三首

道のべの銀合歓《ぎんねむ》の花に蝶まつはり春闌けし宮古の島めぐりゆく

銀合歓の茂みを出でて平けき黍《きび》畑に遠し東《ひがし》平安名《へんな》崎への道

空と海の果てより寄する黒潮の礁縁《リーフ》に白き筋を曳きゆく

梅檀《せんだん》の淡紫《うすむらさき》の花も見き八重山《やへやま》の春の永き夕ぐれ

石垣島二首。八重山は、石垣島を中心とする八重山諸島地方をいふ。

歳月の去来を知らず南国の清水に暮す瑇瑁《たいまい》も見つ

マングローブ茂りて暑き川岸にあはれ紅《べに》淡き聖紫花《せいしくわ》のはな

西表島《いりおもて》

八重山の春も闌けしか珊瑚礁に影落としつつ
雲の移ろふ

赤瓦の家々の木々若葉して春《はる》日《ひ》寂《しづ》かなり祖《そ》納《ない》
の里は

与那国島四首

空に満つる星を仰ぎつつ酒を酌む与《よ》那《な》国《ぐに》島の
春の宵はも

断崖の上の牧場《まきば》に海風にひるがへり飛ぶ四月の燕

与那国の雨ふる山畑に連れてゐし母子《ははこ》の牛をいつまでも思ふ

白壁に庭の若葉の照り映えて「みんさー工芸館」の静かなる午後

みんさーは伝統染織工芸なり。石垣島三首

先染《さきぞめ》の糸を乾したる屋根の下は春闌けし日の
翳《かげ》の深みぬ

八重山の春の一夜を楽しみき三線《さんしん》の音はた
「芭蕉布」のこゑ

梯梧《でいご》咲き蒸し暑き首里の博物館尚慎《しやうしん》の書に
ながく佇む

玉川王子尚慎（一八二六―一八六二）首里三首

不遇なりし王子と聞けば心沁む墨痕馥《かを》る王安石「梅花」の一首

ブーゲンヴィレア咲き匂ふ首里の石だたみ踏みつつ偲ぶ過ぎし幾世を

海の上の花火も消えて下弦の月しづかに照らす宵となりたり

那覇繁《はん》多《た》川《がは》宿舎雑詠七首

東京の母にきかせばや咲き匂ふ五月の庭の白
百合の香を

宵々に町の灯と流れる雲を見て丘の宿舎にひ
とり起き臥す

静かなる序奏にも似て群青の西空に差す朝明《あさあけ》
の色

独り暮すこの身には沁む裏庭に昨夜《きぞ》聞きし虫の今宵は鳴かず

短かかる命と思ふ小夜更けに遠ざかりまた近づきて鳴く一つ虫が音

星の見えぬ夜を鳴く虫のこゑ澄みて沖縄に初めての梅雨《つゆ》を迎ふる

月桃《げっとう》の花はこれぞと福治《ふくち》局長一房持ち来ぬ梅雨晴れし朝

福治友邦氏　六、七月日常詠九首

与儀《よぎ》公園通れば暑き日の下に遊ぶ子供らに心はなごむ

宵々に空渡る月の影冴えて南の島の夏となりゆく

軒に沿ふ陰《かげ》を伝ひつつ六月の街行きて訪ふ
「琉球書院」　那覇市内の書店

県議選の叫びの声の入り乱れ夕べの暗き丘に
こだます

調停の席にゐて思ふこの人にもこの家庭にも
戦《いくさ》の傷《きず》の深きを

六月の日差しは暑し榕樹《ガジュマル》の木蔭の風にしばし
身を寄す

那覇の街を見放《みさ》くる丘に朝なさな湧きあがる
蝉の声に目覚むる

夫婦なれどそれぞれに部屋を去りてゆく調停
のあとの寂しきひと時

四方《よも》の空に夏白雲の立つ見えて船渡り行く久《く》高《だか》の島へ

久高島行五首

黄の花のゆーなの蔭に汗を拭く夏の日暑き島に来たりて

島の汀《みぎは》に見ればつばらかに勝《かつ》連《れん》の国ぞ連なる夏雲の下に

勝連半島

めぐりゆく島はゆーなの盛りにて心寄りゆく
その黄の花に

木立なす緑のふくぎ蔭深き君が家《や》に憩ふ久高
島の昼

福治友邦氏別宅

首里郊外の夏草の丘の起伏《おきふし》も心傷《いた》ましむ過ぎ
し日思ひて

那覇近郊三首

基地の上に夏の白雲静かにて発着機絶えし昼のひと時

冬瓜《とうがん》の黄の花咲きて南風原《はえばる》の夏の日暑き丘の起伏

過ぎし世の戦《いくさ》は知らず海にのぞむ崖には繁き夏蟬のこゑ

摩文仁《まぶに》の丘四首

限りなき声をこそ聴けわだつみに直《ひた》に向ふ丘
に果てし命の

岬《さき》山《やま》に眠る御《み》霊《たま》を鎮むがに渚《なぎさ》を洗ふ海波のお
と

太平の世を尊しと果てしなき海見つつ思ふ摩《ま》
文《ぶ》仁《に》の丘に

本部《もとぶ》の山越え来て夏の雲白き海見つつ行く海洋博記念公園への道

本部行三首

とりよろふ伊江《いえ》の島かげ見るごとに心清《さや》けし本部の海に

紺碧の空に立つ真白き雲見ればば沖縄にわれ在る思ひ湧き来る

海水浴せむと渡り来し座間味《ざまみ》島にまづ問ふは
浜べの紅き花の名　座間味島五首

沖縄の夏の小島の白砂に人知れず咲く浜かづ
らの花　グンバイヒルガホ

南国の海を喜ぶ妻と娘《こ》よたづさひ遊ぶことも
稀なりき

潮引きし昼の海にヨットのとどまれば時間止まりし如く錯覚す

散り方の浜木綿《はまゆふ》の花あはれにて立ち去りかねつ白き渚を

台風を気遣ひつつ夜半に目覚むれば庭には澄みし虫が音聞こゆ

晩夏雑詠九首

空飛びてわが子来らむ朝なれば幾たびも見る雲の流れを

台風は北へ過ぎつつ薄《うす》墨《ずみ》の雲千切れ飛ぶ那覇の上の空

那覇空港の屋上に来れば快《こころよ》し爆音夏雲青き海《うな》原《ばら》

ダイヴィング楽しみ日焼せしわが子怱々《そうそう》と帰る忙しき東京へ

友は妻をわれは息子を空港にて送り出だしぬ夏も終りにて

吾子《あこ》を乗せし機の北空に消えゆけば夏も終りしごとくに思ふ

沖縄の青春の心をここに見ぬエイサーの群舞
夏の月夜に

沖縄の盆踊り

海の上に新月の影冴えわたり南の島に秋の来
向ふ

古き国の野山に満てる初秋《はつあき》の澄める光をわれ
は目守《まも》りぬ

今帰仁行五首

歳《とし》古りし城跡《しろあと》に立ちてわれは眺む海の上の新
しき秋の光を

新秋の海晴れて望む国頭《くにがみ》の山また西に伊平屋《いへや》
伊是名《いぜな》の島

城跡に指す海の上にはろばろにわづか影見ゆ
与論《よろん》の島の

今帰仁《なきじん》の村秋さりて澄み透る夕光《ゆふかげ》は照らす甘《かん》
蔗《しょ》畑を

いにしへの人も踏みけむ城の坂舗《し》きたる粗《あら》き
石も親しも

勝連《かつれん》城址三首

海と陸を四方に見放《みさ》くる城跡《しろあと》に遠く想ふ琉球
群雄の世を

亡びたる城の哀れはアコウの木に短くぞ鳴く
秋蝉のこゑ

豊かなる蘭薫る会場に忝けなし諸君聴きくる
る拙き講話を

沖縄市所在家庭裁判所支部　八、九月雑詠八首

秋暑き松川《まつがは》の家並寂《しづ》かなる百日紅《ひゃくじつこう》の花も人
思はしむ

那覇市松川

泡盛に酔ひ帰り来しわれ思はざる姿にて醒めぬ暁《あけ》の光に

沖縄の秋としなりて宵々にやさしき風の窓べにさわぐ

沖縄の夏を過ぐし来て彼岸すぎの涼しき夜気にわれ息づきぬ

わが心に琉球人《びと》の詩句ありて汗あえ苦しむ画
仙紙の上に

なつかしき味に通ひて甘酸《あまずゆ》きグァバの実を食
む秋のひと日に

手振りする観客にまじりて吾も楽し清《すが》しき秋
の夜の琉球舞踊会

モクセンナの花四首

モクセンナの黄の花盛り朝よひに見れども飽かず秋の丘べに

モクセンナの枝もたわわなる黄の花のい照りかがよふ秋の日差しに

沖縄の真澄みし秋の空の下黄金《くがね》色なす花咲き匂ふ

沖縄の秋をさながらに咲きつづく黄金の花の
永き花時《はなどき》

訪れし座喜味《ざきみ》城址は寂《しづ》かなる松の林に秋蝉の
こゑ

島北各地四首

潮けぶる海を望む城塁に遠つ世の雄猛き琉球
人《びと》の心をぞ偲ぶ

すすき穂の光る多野岳《たのだけ》に見はるかす羽地内海《はねぢうちうみ》の夕暮の色

海の方より差す夕光《ゆふかげ》の澄みとほり松しづかなる名護の国原《くにはら》

過ぎし日の激戦の島は砂糖黍に育牛に富みて静かなる島

伊江島行四首

伊江島の歴史の証《あかし》と甘蔗《かんしょ》畑の中に鎮まるアーニー・パイルの碑　戦死せし従軍記者

戦争も遠き日のことと思ほえて魚汁《さかな》すする伊江島の昼

船足の速ければ波の上に低き水納《みんな》の島もたちまち過ぎつ

秋日厳しき少年院にたくましき声は聞こゆる
グラウンドより

沖縄少年院二首

秋日暑き赤土の畑に「これからが野菜の季節
です」と院長先生

それぞれに屈折のありてここに来しならむあ
どけなき面輪ぞわが心打つ

沖縄女子学園二首

狭き寮舎の中にて部屋を移り合ふ小さなる行
事も少女らの喜び

那覇の秋を彩りて高き樹に匂ふ紅《べに》美しきトッ
クリキワタの花

繁多川故天野鉄夫氏邸三首。植物学者天野氏
は、この樹の種子を南米ボリビアより持ち
帰って育てしといふ。

朝よひの冷え初むる頃あはれあはれ赤むらさ
きの花の散りゆく

南国の秋逝くを思ふ道の上に散りて踏まれし
紫紅の花に

味噌あぢの豚骨《ソーキ》汁もて煮込みたるいらぶ鰻の
燻製を食《は》む

福治友邦氏宅三首

いらぶ鰻は海蛇なればとたぢろぎゐし友も食
みて言ふ「旨《うま》しうまし」と

久高島の海蛇あはれスコッチの肴《さかな》と化して姿
失せたり

沖縄の秋深む頃裏庭にひそやかに咲きぬポイ
ンセチアの花

晩秋、歳晩五首

久しくも気づかずをりぬ裏窓に近寄りて咲き
しポインセチアの花に

独り住むわれに微笑むごとく見ゆ硝子《ガラス》の向ふのポインセチアの花

古き世に通ふ香《かをり》か月桃《げっとう》の葉もて包みし餅《もちひ》を食《た》ぶ

海の上の紅《あか》き夕雲見をさめて那覇の丘べにひとり年越す

昭和六十年

新年雑詠七首

道のべの草生《くさふ》に白き蝶の飛ぶ沖縄に新しき年を迎へぬ

泡盛を注ぎし壺屋《つぼや》焼の盃《さかづき》を傾けてひとり新年《にひどし》祝ふ

手料理を手提げて妻の降り立ちぬ正月客に賑はふ空港に

雪の降る東京より来し妻のその母に電話してをり「こちらはブラウスで歩けるの」

冬の風暖き丘に東西に海を見て立つシェラトン沖縄ホテル

行く雲に照り陰る丘に見はるかす沖縄の冬の寂しき海の色

コート来て歩む平和通りのアーケード月桃《げっとう》餅のしるく香に立つ

旧暦十二月八日鬼餅行事の頃

伊《い》平《へ》屋《や》島へ船渡り行く冬の海備瀬《びせ》崎過ぎて波の荒ぶる

伊平屋島行六首

北風に逆らふ伊平屋渡《ど》波高くなづみつつ行く新鋭船も

船の揺れもしづまりし頃目の前に大き島ありてわれらを迎ふ

伊平屋島の冬の旅寝の眠り浅くしばしば目覚む風の唸りに

冷えしるき朝の荒磯《ありそ》を踏み渡り巌上に拝す屋《や》蔵大主《ぐらうふしゅ》の墓

第一尚氏始祖の墓

追風《シチャーラ》に冬の海行く船速くたちまちに過ぐ伊是《いぜ》名《な》も伊江も

寒緋《かんひ》桜咲く八重岳《やへだけ》の道は尽く頂《いただき》のレーダー基地のフェンスに

緋寒桜ともいふ。本部、今帰仁行六首

眼下《まなした》を見れば一塊《くれ》の雨雲の今し退《そ》きゆく伊江
の島より

はぜの木の紅葉《もみぢ》色冴ゆる一月の山越えて訪ふ
今帰仁《なきじん》城址

三たび踏む石だたみ道緋の色に桜花照る一月
の日に

海を見る城塁の上は風冷たくいまだ乏しも寒緋桜の花

本部《もとぶ》の山に車とめてタンカンを買ふ浦添の病院に病む友のため　径五糎内外の硬皮の蜜柑

散り方の寒緋桜に雨降りて短き冬も終りと思ふ　那覇にて

宮古島過ぎれば白き雲切れて碧海《あをうみ》に円き多良《たら》
間《ま》島見ゆ　　先島《さきしま》行五首。先島は、沖縄本島以南の諸島の総称。

砂糖黍の穂花そよぎて暖き二月の石垣島に降
り立つ

きさらぎの桃林禅寺の庭に聴く若葉を渡る朝
風のおと　　石垣市内の古刹

碧海の礁縁《リーフ》の冬の白浪も寂しとぞ見つ宮古島に来て
昔の遠見台にて

鬼あざみの紅《あか》き花も見つ冬の雨そぼ降る伊良《いら》部《ぶ》の島の道べに

早春の巌《いはほ》の岬に風鋭く限りも知らに高き波寄る
辺戸《へど》岬　国頭《くにがみ》行五首

本土復帰叫びし日は去りて早春の海に霞みて
与論島見ゆ

春浅き山原《やんばる》に満てる静けさや鶯を聞くダムの
ほとりに

安波《あは》ダム

三月の国頭《くにがみ》の山は果てしなき樹海にまじる若《わか》
萌《もえ》の色

時じくのゆーな花咲く海岸《うみぎし》の春風の中に弁当ひらく

久米島二首

珊瑚礁に春の日暮の潮満ちて礁縁《リーフ》の白き浪消えゆきぬ

珊瑚礁を望むホテルに春鳥の朝《あした》さへづる声に目覚めぬ

三、四月日常詠五首

春さりてくれなゐの色に夕霞む那覇の街を見
る識《しき》名《な》の丘に

まとまらぬ歌にこだはる心も和《な》ぎぬ春の花売
る店の前に来て

歩み来て心はなごむ洋菓子屋にケーキを選ぶ
母と子を見れば

街路樹の椰子のそよぎも胸に沁むいつかは別れむ那覇の宵に居て

三角翼の二機昇りゆく沖縄の果てなく青き春の大空

少年の膚《はだ》光る畑に春風に栴《せん》檀《だん》の香の流れてやまず

沖縄少年院二首

菠薐《ほうれん》草を残して収穫は終りしと院長先生は指す春の畑を

梅檀《せんだん》の花咲き匂ふ青葉の山越え来てぞ訪ふ古き城址を

四月の今帰仁城址三首

四たび踏む石だたみ道春の日に噎《む》せる青葉の熱《いき》れにふれて

青葉蔭深き城址に鶯鳴きわれはかなしむ今帰《なき》
仁《じん》の春を

遠き山は黄砂に霞み近き野は緑溢るる石垣島
の春

石垣島二首

八重山の春の日暮れて三《さん》線《しん》の音《ね》は流れゆく青
葉の闇へ

来間《くりま》島の長き渚に春の日に汗しつつ貝拾ふ二人の友と　来間島二首

来間島の崖上《がいじやう》に見る碧き海峡を越えて輝く白きホテルを

宮古島の永き春の日暮れゆきて古き謡《うた》は流る宵闇の中へ　宮古島四首

みづからの手を藍に染め宮古上布《じやうふ》の工賃廉《やす》きを嘆く組合長平良《たひら》氏は
宮古伝統工芸品研究センター

眉黒き宮古乙女のひたぶるに機《はた》織るさまぞ見過ぐしかねつ

わが友の丹精のマッカウ一鉢膝に抱きて宮古より帰る春の空の旅

今年また丘に梯梧《でいご》の花咲きて香華は絶えず鎮魂の碑に

摩文仁の丘三首

この丘に果てなき海を見るごとにわれは聴く還らざる命の声を

なつかしき島の潮騒朝よひに聞きつつ眠る御《み》霊《たま》思はむ

逝く春の雲淡《あは》き空に一筋に飛行機雲の遠く伸
びゆく

五月日常詠五首

白百合の花の開きぬ土いきれほのかに臭ふ五
月の庭に

鳳《ほう》凰《おう》木《ぼく》の若葉の上の空青く鯉幟泳ぐ沖縄の五
月

年々《としどし》の五月には淡紅のアデニウム幾鉢か並ぶ
大湾洋服店の前
那覇国際通りの洋服店

独り暮すわれに語るか蒸し暑き夜を窓べに
守宮《やもり》の声す

西表《いりおもて》に採りし実より伸びしヒルギの鉢かたへ
に過ぎき那覇の一とせ
マングローブ　執務室の植物四首

白き嫩葉《わかば》の緑に変るバンダラスの涼しき鉢を
ひねもすに見る

幹太く姿良きマッカウの一鉢を朝よひに見て
宮古島憶ふ

島袋君丹精の蘭の幾鉢か置かれて部屋を豊か
ならしむ

蘭の花四首

カトレアの幽《かそ》けき花の香も賞《め》でてひと時の会話冷えたる部屋に

くれなゐのデンドロビュームの盛花《もりばな》の崩れむとする黒き卓の上

沖縄にわが住む幸とわがめぐり蘭の花匂ふ日日をいとほしむ

蘭薫る部屋に手に新しき歌集あり遠く本土より送り給ひぬ
安達龍雄氏歌集「石の花」

崇元《そうげん》寺の厚き石塀歳古《としふ》りて庭には紅き夾竹桃の花
那覇市内 六、七月雑詠十二首

明清《みんしん》の使者もくぐりけむ崇元寺の石門も老いてバス通りの前

慶良間《けらま》島黒く影立つ西の海の黄金《くがね》色なす入り
つ日の時

那覇市識名の丘にて

真夏日の渡嘉敷《とかしき》島に見はるかす座間味《ざまみ》島渡名《とな》
喜《き》島はた粟国《あぐに》の島を

迷ひ来て昨夜飛びゐし小さき蛾のあはれ力尽
く畳の上に

朝の蝉爽やかに鳴き去りゆきしあとにたけだけし選挙運動の声

冷房をとめてすがすがし芭蕉の葉を揺する朝風を窓より迎ふ

驟雨《しゅうう》過ぎて朝の光の洩る窓べ蝉の諸声《もろごゑ》聞きてまどろむ

いくたびか驟雨来し日の暮れむとし雲の峰光る西の海のうへ

とりどりのシャツ着て入り来し若きらの息詰めて見つむステーキ三百グラム
某ステーキハウス

窓とドアあければ夜半の風ありて冷房を止めて再びの眠り

沖縄の夏の日は永し宵闇の路傍に野菜並べう
づくまりゐる
那覇平和通り付近

沖縄にわれ在りてアダンの赤き実の蔭に見て
ゐる紺青の海を
ムーンビーチ五首

青海《あをうみ》へヨット出でゆき若きらの喚《よ》ぶ声は残る
磯の波間に

いつしかに日は西にありて人去りし白きヨット
トの波にたゆたふ

今日の夏を楽しむ人よ積乱雲沖に広がるムー
ンビーチに

みんなみの岬の上に月のぼりこの浜を照らす
夜をしのばむ

海の上に夏の白雲高く騰《あが》る今泊《いまどまり》を廻る城址への道

八月の今帰仁城址四首

五たび訪ふ今帰仁《なきじん》城址紺碧の空に白雲湧く夏の日に

一月に花四月青葉を見し桜あはれ落葉せり暑き八月に

寒緋桜

いくたびか来り立つ城址季々《ときどき》の光をかへす碧《あを》
海《うみ》を見て

四十年《よそとせ》の早もめぐりて逝く夏の蝉の声を聞く
海軍壕の丘に

旧海軍司令部壕三首

将士自刎の壕のある丘の梯梧《でいご》の蔭憩へば思ほ
ゆ変りし日本の

戦跡を訪ふごとに覚ゆ成算なき戦《いくさ》に導きしも
のへの怒りを

秋の日の落ちてうそ寒き久茂地《くもぢ》河畔《かはん》歩みて観
むとす佐藤太圭子《たかこ》舞踊会

那覇市内　**琉球舞踊会三首**

沖縄人《うちなんちゅー》の夢を現《うつつ》にあてやかに人は舞ふ天川《あまかー》・
諸屯《しゅどん》はた南洋千鳥

華やかに過ぎ来て幕後の老匠のカチャーシー
に響《とよ》む満場の手拍子
即興の踊り

響き絶えぬ国道の脇に穂《ほ》薄《すすき》は今年も生ひぬ
仲泊《なかどまり》遺跡
名護行四首

名護《なんぐすく》城に秋の日暑く声太き蝉鳴き響《とよ》む椰子
の木立に
名護城址

名護城の丘に煙あげ沖を行く船見送りし遠き
世思ふ

クロトンの生垣に萩の花もまじり秋日寂《しづ》けし
名護の町並

平郎《へいらう》門出でて六たび踏む石だたみ山より来た
る時雨《しぐれ》に濡れて

十月の今帰仁城址四首

古城址の秋の寂しさ狂ひ咲く桃にまつはる蝶
ひとつゐて

落葉掃く人に問ひて知る木立の中蝉の名一つ
花の名二つ

桜咲くころまた訪はむ傘の中振り返り去る秋
の城址を

備瀬崎五首

家々のふくぎの牆《かき》に沿ふ細き道抜け出でて備《び》瀬《せ》崎の白き高浪

北の岸は白浪あがり西の海は潮引きて静けし雨の備瀬崎

半島の果ての岬の浜荒れて秋雨の中に白き灯台

海の上に伊江の島かげ淡《あは》く浮かび備瀬崎は寂
しき十月の雨

ブーゲンヴィレアに似たれば秋の備瀬の里に
問ひて知る淡《うす》紅《あか》きニトベカヅラの花

那覇の町を彩る紅き花黄の花を恋ひつつ籠《こも》る
秋の風邪ひきて

秋日雑詠七首

過ぎゆきてわれは振り返るトボロチの春の桜にまがふ花の下

トックリキワタの原産南米ボリビア名

主《あるじ》無き今年の秋も高き樹にトボロチは咲く故天野鉄夫氏邸

那覇市繁多川

トボロチの花の散るころ南島の過ぎ逝く秋をひとりかなしむ

赤き花絶えぬサンダンカの垣根途切れて白き
小菊の咲きぬ

南国の秋の光のふりそそぐホワイトビーチに
艦影を見ず

秋の日の照らす米軍々港しづまりて白砂《はくさ》の浜
を一人走る見ゆ

蔭暗きガジュマルの老樹《おいき》風に騒ぐ冬の日に来つ南山《なんざん》城址

南山城は一四二九年中山に討たれぬ。六首

城跡《しろあと》の暗き木かげの落葉の中われは拾ふクワデーサーの紅《あか》き一ひら

クバ・デイゴ・センダン・ヤシ等と指差して名知らぬは異国産に帰す暗き森の中

森かげに遺《のこ》る乏しき礎石にも琉球の遠き昔を想ふ

古きありて新しきあり歓声は城址に隣る小学校より

遠き世の城の栄華の名残りとや狂ひ咲くひとつ寒緋桜ばな

昭和六十一年

清々しき音とわれは聞く地の上の穢《けが》れ洗はむと降る除夜の雨
歳旦二首

雨の中に高き鶏が音に目覚めたり那覇にふたたびの新年《にひどし》の朝

生《せい》ありて今宵吾等と向かひ合ふ沖縄戦を生きし中村君夫妻

中村透君宅三首

夫人肝入りの琉球料理あり正月の明き灯の下の尽きざる会話

語らひの終りて別るる寒き町満天の星は首里の丘の上

妻とふたり歩む新春の那覇の町見ればば立ちどまる遠近《をちこち》の花に

新春の那覇六首

静まりし正月の町に濃き紅《べに》のブーゲンヴィレアを背にして写す

塵芥収集の車の楽《がく》の鳴りひびき新年の町に活気よみがへる

垣間見る「清寂」の世界着飾りし淑女にまじる大山先生社中初釜

大山敦子氏社中

風邪の身をはげまして名護の新庁舎の門碑に刻まむ文字を墨書す

暖き宵更けゆきて夜半著《し》るき冷えに目覚めぬ

鬼餅《ムーチービー》寒さ

旧暦十二月八日の鬼餅行事の頃

那覇より宮古島へ　四首

先島《さきしま》の冬の旅より便りせむ友のアドレス手帳
にメモして

去年《こぞ》の春訪ひし来間《くりま》島の上を飛べばなつかし
波止場も白砂の浜も

おぼぼしく冬曇る宮古の海を見る丘には咲き
ぬ淡《うす》紫《むらさき》の花

ベンガルヤハズカヅラ

漲水御嶽《はりみづうたき》の樹々さむざむと静まりて今日も雨降る冬の宮古島

御嶽は祈祷所なり。

ブーゲンヴィレアに並べて仕立てし菊も飾る一月の石垣島裁判所会議室

石垣島五首

初春《はつはる》の権現堂の庭に仰ぐ橡《とち》の太樹《ふとき》の若萌《わかもえ》の色

リュウキュウチシャノキのここは北限にて宮《みや》
鳥御嶽《とりうたき》に仰ぐ巨木の風のさざめき

冬の雨「聖紫花《せいしくわ》の橋」に降りてゐてダムは静
まる青葉の山に

一月の青葉若葉の山に見る紅葉《もみぢ》色冴ゆる櫨《はぜ》の
ひとむら

南海のかがやく空に舞ひあがり機は目指す最果ての小島へ

波照間島行七首

八重山の冬の海晴れて金色《こんじき》のさざ波に雲の影の映《うつ》ろふ

青空に白雲浮かび菜の花咲きポインセチア咲く波照間《はてるま》の冬

アダン茂る野は岩床となりて海に尽く風空に
舞ふ沖縄最南端の地

菜の花の咲く一月の波照間のコーラルブルー
の海の輝き

ハイビスカス鳳仙花《ティンシャグ》咲く一月の島の畑《はた》には南《カボ》
瓜《チャ》花咲く

沖縄の春は近しも菜の花咲く最果ての島に鳥がね聞けば

冬の園の椰子の木立の静まりてをりをり池に魚の跳ぶ音

石垣島八重山観光ホテル二首

池の上に枝垂《しだ》れしブーゲンヴィレアの花に鯉の跳ねたるしぶきかかりぬ

一月の山に桜咲き蜜柑実り電照菊のみどり親しき

今帰仁城址行五首

寒緋桜咲き盛り桃の花いまだ乏し七たび歩む石だたみ道

桜咲く城址に見ればば珊瑚の海今日もかがやく翠玉の色に

松のみどり桜の花とうつり合ふ平郎門前返り見すれば

北山《ほくざん》の誇りを負へる今帰仁《なきじん》の部厚き村史を今日は求めぬ

故島田叡知事の足跡を尋ぬ

昭和六十一年二月二十一日、仲本正真氏の案内により、首里城跡を訪れし後、沖縄県知事故島田叡氏の戦争末期（昭和二十年四月ないし六月）の避難行の跡を尋ぬ。仲本氏は、当時司法部の職員にて、故知事とほぼ行動を同じくされしものなり。なほ、故知事は、わたくしの亡き父の友人（学校同窓）なりき。**八首**

首里城跡を吹く風寒く北方の丘陵を指して語る防衛戦のさま

臨時県庁の壕ありしこと今日の人は知らず荒草茂る繁多川《はんたがは》の丘

那覇市繁多川東北部の丘

砂糖黍刈られ菜の花咲く東風平《こちんだ》の丘べにしのぶ過ぎし日の避難行

島尻郡字志多伯《したはく》の仏畑森《ふきたむい》

戦塵の身を洗ひしとふ報《むく》得《い》川は今日も流るる
青草の中を

糸満市字座《ざ》波《は》のふくぎの森付近

敵戦車続々上陸し来たりしと眼下の浜を指し
当時を語る

糸満市字伊《い》敷《しき》の丘

洞《どう》穴《けつ》を蔽ふ青葉の上に摩《ま》文《ぶ》仁《に》岳《だけ》見えて砲煙の
日をしのばしむ

伊敷の丘の轟《とどろき》の壕跡

足跡《そくせき》の最後の壕ありきと夕暮の摩文仁岳北麓
にわれら立ち尽くす

避難行の跡《あと》尋ね終へて夕暗む島守の塔に祈り
をささぐ

戦没県職員の慰霊塔

きさらぎの名護の園生《そのふ》のあたたかく菖蒲の咲
きぬ紅梅のへに

名護、座喜味城址行四首

沖縄の春速くして二月するゑの読《よみ》谷《たん》の野は緑の
光溢れぬ

米軍はかく進みきと春霞む海と野を指す座《ざ》喜《き》
味《み》城址に

読谷の野の春霞ふるはせて爆音は今日も雲よ
り聞こゆ

今帰仁《なきじん》の馬場《ばんば》の跡の松の下ここにもしのぶ遠き昔を

仲原馬場跡

きさらぎの雨ふる伊是名《いぜな》の島に親し紅き薔薇の花白き大根のはな

伊是名島行六首

伊平屋《いへや》島も野甫《のほ》島も夕べの影見せて海峡は寒き潮みなぎらふ

荒海を渡り来し島に寒き夜の眠り安けし泡盛に酔ひて

巌かげのみ墓を尋ね黍畑の寒き雨ふる道を濡れゆく
第二尚氏王統墓陵

伊是名島を離るる船ゆ岬山《さきやま》の寂しき城址を振り返り見つ

名護の浦今日雲垂れて寒々し岸の丘べの門《むん》
中《ちゅう》墓《はか》群《むら》

来るごとに心安らぐ本《もと》部《ぶ》の山見つつ行く名護
の海に沿ふ道

本部行十一首

春すでに深き本部の横貫道路風切りて行く青
葉の山を

戦《いくさ》ありし伊江の島影まなかひに太平の世は開く蘭の花園を

熱帯ドリームセンター四首

自動ドア踏みて入り来て声をあぐ花溢れ咲くファレノプシス類

ヴァンダ室カトレア室にても平良《たひら》君われらをとどめカメラを構ふ

蘭の花見終へて庭の赤き花サイハイデイゴの
前に息づく

伊豆味《いづみ》にて鰻食はむと青葉の道ふたたび風を
切りて引き返す

八たび訪ふ今帰仁《なきじん》城址青葉隠り鶯鳴く日に妻
を伴ひて

今帰仁城址四首

黒き蝶ひとつ舞ふ白き柑橘の花匂ふ沖縄の春の城址に

シークヮシャー

遠つ人も耳に聞きけむ今帰仁の青葉の山に響《とよ》む春の風

シークヮシャーの白き花連翹《れんげう》の黄の花咲き春は移ろふ乙樽《うとだる》碑の前

シークヮシャーは小果の柑橘、乙樽は昔の城主妃にして悲話の主。

裁判所落成式典　　賀歌二首

海越えて恩納岳《おんなだけ》霞む春の日に挙りて祝ふ名護

新しき庁舎の窓に緑濃き嘉津宇《かつう》の峰を永遠《とは》に仰がむ

八重干瀬《やへびし》　旧暦三月三日前後の頃に、宮古島北隣の池間《いけま》島北方の海底の浅瀬が干潮時に数時間海上に広く現はるる現象なり。宮古島より船にて赴く。　三首

背に暑き春の日浴びて八重干瀬《やへびし》の澄める潮《うしほ》に
貝をぞ拾ふ

八重干瀬に採りし貝一つ稚《おさな》ければわれは放ち
ぬ青海の底へ

潮《しほ》変り干瀬の沈む時近づけば船の汽笛の遠く
流らふ

宮古島の岬に百合の群れ咲けば友はいざなひぬ春の朝《あした》を

宮古島五首

梅檀《せんだん》の若木の並木朝の日に光りつつつづくロードレースの道

トライアスロン大会当日

朝露に光る黍畑葉煙草の畑過ぎつつ遠し東平《ひがしへ》安名《んな》崎への道

宮古島の春空澄みて白百合の群れ咲く岬の白き灯台

宮古島の春の岬の草に居て聞く潮騒の今日はのどけし

珊瑚礁の碧き礁湖を横ざまに見つつ機はくだる石垣島へ

小浜島行五首

春の海行けば竹富も恋ほしきに今日は目指す
彼方の小浜《こはま》の島を

大岳《うふだき》に見る八重山の島々はつばらかにおぼろ
に春日《はるひ》の中に

小浜島の丘

人住まぬ嘉弥真《かやま》島今日干瀬《びし》に賑はへば友はし
きりに望遠鏡のぞく

南群星《はいむるぶし》光る夜空を想ひ見つ砂白き浜の椰子の木蔭に

リゾート施設「はいむるぶし」

火を断ちし登り窯のへに過ぎし日の陶業を語る那覇壺屋《つぼや》町

壺屋三首

陶土沈み濁りし水に南国の日は照り返す新垣《あらかき》製陶所

電気窯と変りし今日も一族にて仕事を分かち日々にいそしむ

那覇は「ナハ」ならず「ナファ」なりと仲本先生嘗て教へ給ひき

仲本正真氏　四、五月雑詠五首

先島《さきしま》の旅のメモ帳こよひ読めば懐かし潮の香島々の影

オンシディウムの一鉢匂ふ部屋の暮れて出でてゆく沖縄学出版記念会へ
外間守善氏著書出版記念会

沖縄のこれも思ひ出にてニューマン大尉に貰ひしN・K・コールのテープ一巻
米海軍法務官

アマリリスの花過ぎ紫陽花《あじさゐ》の咲く見れば三たびの夏も近しと思ふ

石油貯蔵も世務《せいむ》にて水碧き南海の島に幾十の
大タンク並ぶ
　　　　　　　　　平安座《へんざ》島所在石油基地見学三首

今鎌倉と栄えし勝連《かつれん》の世は遠く徒浪《あだなみ》は打つ巨
大 SEA BERTH を
　　　　　　　海上桟橋。「おもろさうし」に「勝連は大和の
　　　　　　　鎌倉に譬へる」とあり。

環境保全の声あれば油浸みし水を浄化して魚
棲むさまも目のあたり見す

夏季雑詠十七首

鳳凰木《ぼく》は朱《あけ》の花盛り夾竹桃の花も色濃き崇元《そうげん》寺跡に

沖縄の夏の星月夜軒端には黄のアラマンダの花微笑みて

アリアケカヅラ

基地に沿ふ並木のゆーなに照る日暑く黄の花あはれ赤ばみ初めつ

海の上に湧ける黒雲の背向《そがひ》より夕日差す見ゆ慶良間《けらま》諸島に

識名《しきな》の丘の眺望二首

海の上の永き余光も消ゆるころ輝き初むる那覇の街の灯

朝蝉に目覚むれば早や汗の吹き出づる暑きかな沖縄の三たび目の夏

冷えし茶を幾度も飲みて沖縄の夏の一《ひと》日《ひ》を耐
へつつぞゐる

夏の花盛り咲く識《しき》名《な》の丘を下《を》り来れば「糸満
和美琉舞練場」の札

ポインセチアの青葉を揺する風ありてしばし
安らぐ夏の夕べを

日の差さぬ裏庭にさびし蕾のままあまた落ちたるハイビスカスの花

芭蕉の葉揺《ゆ》りて通ひ来る風あれば今宵は窓べに床延べて臥す

新築のアパートの乏しき土のうへ早やも咲かせぬ黄のハイビスカス

琉球人《びと》の佳き詩句あれば風涼しき一日《ひとひ》倦まざりき画仙紙を展《の》べて

鳳凰木《ぼく》の青葉の影の風にゆらぐ木《こ》下《した》に憩ふ炎天を来て

声太く鳴く蝉の位置朝ごとに移りつつ那覇の夏の更けゆく

永き夏も更けしと思ふ仰ぎ見る空の色に梯梧《でいご》
の葉を吹く風に

いつか別れむ那覇の街の灯をしみじみと今宵
も眺む識名の丘に

小庭《さには》べのクロトンの彼方の青空を見つつ墨を
磨る秋暑き日に

秋季雑詠四首

移り来る雨雲を避けて暑き日の下歩みゆく秋
の那覇の街

いささかの風邪引きて臥す秋暑き日差しを避
けて畳の隅に

津《つ》堅《けん》島久《く》高《だか》島窓に見えし時翼《よく》を揺りて定む那
覇へのアプローチコース

福岡出張よりの帰途

前栽《せんざい》にくちなしの花白く浮かぶ日暮に集ふいらぶ鰻の膳に

福治友邦氏宅三首

秋の日の暮れし小庭《さには》にほの白き源平臭木《くさぎ》はたくちなしの花

沖縄に独り住みて有難き人の情《なさけ》湯気立つ汁をすすりつつ思ふ

師走なれど紅き花《はな》蔭《かげ》に写真撮《と》る石垣島の研修
会に来て

トックリキワタの花　石垣島十首

雲蔽ふ海見つつ立つ御《う》神《がん》崎逝く秋寂し草の色
にも

八重山の秋暮れ方《がた》の海凪ぎて岬にさびし海難
慰霊碑

海岸《うみぎし》に生ふる丈低きモンパの木手触れば親し御神崎にても

緑葉のヤラブの蔭に車降りふたたび三たび訪ふ八重山博物館

ヤラブはテリハボクの異名。市立八重山博物館六首

いつ来ても人気《ひとけ》なき八重山博物館今日もたたずむ趙新《ていしん》はた鄭嘉訓《ていかくん》の書に

玻名城《はなしろ》館長推挙の書なり清爽質実冊封使《さっぽうし》趙新
七言対聯　　一八六六年渡来の清国正使。館長玻名城泰雄氏。

鄭嘉訓の大幅は沖縄随一かおのづから思はし
む「書」なるものを　　琉球の能書家（一七六七―一八三二）

人車絶えぬ通りに隣せる館のなか古き琉球の
静かなるかな

去り難き思ひ残して今日も別るアデカ椰子明るくそよぐ館の前

紺青の冬の海晴れて沖遠く浅き瀬にあがる白浪は見ゆ

池間島三首

パパイヤの実れる道べに振り返る再びは見ざらむ池間島灯台を

開発は抗し難きかエメラルドの海埋めて進む
この島にても

心ゆたかに海を見る幸に三たび遇《あ》ふ東平安《ひがしへんな》
名《な》の大き岬に

宮古島二首

海を背に岬に三たび写真撮《と》る頑丈《ぐわんじゆう》であれ古《こ》
謝《じゃ》君も砂川君も

「ぐわんじゅう」は「元気」の意なり。

沖縄の四季拾遺

（昭和六十一年十月—昭和六十二年五月）

海の上の稲妻消えてたちまちに驟雨は夜の那覇を包みぬ

秋の夜の灯火《ともしび》光る島尻を迂回して降《くだ》る那覇空港へ

東京よりの帰途

きらめきて移ろふ一団の驟雨見ゆ秋の日差せる首里の丘より

機首鋭き戦闘機海に出て旋回し椰子の彼方の
基地に降りゆく

沖縄の師走の宵に鳴き出でしこほろぎ一つ鴨
居の隅に

宮古島の春浅くして黍を刈りし野の果てに光
る黒き海見ゆ

宮古島四首

宮古島の岬の春の速くして巌《いは》かげに咲く一つ
百合の花　　東平安名崎

沖遠く行く船を見る宮古島の岬に愛《いと》し浜あざ
みの花

いくたびか憩ふ宮古空港待合室今日も窓外に
揺れるバンシルーの実

石垣島七首

クワデーサーの若葉萌え揃ふ三月にわれ降り立ちぬ石垣島に

春の日に小暗きヤラブの蔭に立つ四たび来り訪ふ八重山博物館

竹富の霞む島影見つつ行く紅き花盛る海沿ひの道

彩色の唐人墓の春の日にかがよふ丘に梯梧《でいご》花
咲く

燃ゆるごと梯梧花咲く蔭を行く富崎《ふさき》観音堂の
砂白き道

ハイビスカス紅き観音堂に心寄るひそみ咲く
白き車輪梅の花に

ブーゲンヴィレア梯梧の花の燃ゆる日にあはれ乏しき桜残り花

寒緋桜

八重山の「山」は「島」の意ならむエメラルドの八重山の海に泛《う》かべば思ほゆ

黒島行五首

黒島の紅き梯梧の咲く道を馬車は駈けゆくリズムに乗りて

珊瑚礁の潮騒を聞きて梯梧咲く園にぞ憩ふ黒
島に来て

隆起珊瑚礁の巌《いはほ》の残る草原《くさはら》に牛を飼ひてのど
けし早春の島は

礁縁《リーフ》には波響《とよ》みつつ潮引きし砂浜に指す蟹の
足跡《あしあと》を

胡蝶蘭日に日に散ればうらさびしわれ沖縄を
去る日近きかと

冬を耐へしクロトンの葉の一つ散りぬ日差し
暖き三月の日に

名護の浦の春の朝《あした》の空晴れて雲離れゆく恩納《おんな》
岳《だけ》見ゆ

三月の那覇は日差しの早や暑くしばし憩ふ桜
の青葉の蔭に

沖縄の四たび目の春の宵寒く咳きつつ披《ひら》く比
嘉春潮集を

ブーゲンヴィレア今年の紅き花咲きて那覇に
四たびの春を迎へぬ

久茂地《くもぢ》河畔に四たび梯梧の咲く見れば永くなりしかな沖縄勤務も

那覇市内

清明《せいめい》の時節となりて那覇の街並木青葉の蔭深みゆく

四月五日頃

冬を耐へしクロトンの葉のよみがへり緑増しゆく清明の時節

フラワーショップに並ぶ鉢植の花々の色どり
増しぬ清明の時節

この島に来し頃のこと懐かしみて海の上に開
く花火見てゐる

風あれば涼しき那覇の春の午後何鳥か公園の
方《かた》より聞こゆ

アマリリスの花をいためし雨過ぎて夕月は出づ那覇の海の上

三線《さんしん》を弾く音《ね》の朝より聞こえゐる宿舎への細き坂道忘れじ

固有性と国際性の間《はざま》を生くる島国の定めを幾たびも思ふ

三年余はたちまち過ぎて学び足らぬ思ひ抱きつつ去り行かむとす

惜別のとばるまーを作りテープに籠めぬ八重山の友らの情《なさけ》身に沁む

とばるまーは八重山の情歌をいふ。

宮古島を発《た》ちし機窓に離《さか》りゆく東平安名崎《ひがしへんなざき》を永く目守《まも》りぬ

基地に沿ふ椰子の並木路今日も行く今日は友らに別れを告げに

名護を訪ふ最後の日なり二見《ふたみ》より伊集《いじゅ》咲く青葉の山越えて行く

青き空と海を見て住みし丘の宿舎ドア閉ぢてわが沖縄勤務終る

沖縄の旅

沖縄本島の旅（一）（平成八年十月）

赤瓦犬槙《チャーギ》の造り清々しき識名《しちな》御殿《うどん》に聞く秋風のおと

旧琉球王家別邸（再建）二首

那覇を望む識名《しきな》の丘に月を賞で詩を賦しし世の雅びを思ふ

かたじけなし友人《ともびと》あまた集ひくれぬ九年《くとせ》ぶりに会ふ那覇の秋の夜

那覇の夜三首

楽しき月日共にせしゆゑ笑顔と笑顔合へば直ちに心は通ふ

八重山より来し友鷲の舞を舞ふ沖縄人《うちなんちゅう》の情《なさけ》胸を打つ

八重山の伝統舞踊

首里城を仰ぎてしのぶ南海にその名を馳せし
遠き時世《ときよ》を

首里城正殿（再建）

「綛掛《かしかけ》」を一さし舞ひて紅型《びんがた》の背な去りゆき
しあとの静けさ

琉球舞踊

連なりて岬へとどく灯火《ともしび》を眺めて憩ふ宜野《ぎの》
湾《わん》の夜

ラグナガーデンホテル

宜野湾の海べの夜に覚めて思ふ母なる島に抱かるる幸を

沖縄本島は沖縄諸島の母の如く覚ゆ。

秋闌けし今《な》帰《き》仁《じん》城址しぐれ降り望む礁湖の色も寂しき

今帰仁の秋の寂しさ城《しろ》跡《あと》は声こぞり鳴く満山の蝉

ひっそりと黒揚羽ひとつ飛びゆけり秋の城址の石垣に沿ひて

九年《くとせ》ぶりの那覇はいづこの街角も過ぐしし暑き日々憶はしむ

君が家に今宵も夫人肝入りのいらぶ鰻の膳にくつろぐ

福治友邦氏宅

八重山の旅（平成十二年十一月）

石垣島五首

見覚えある珊瑚礁を横目に降りし機のはづみて着きぬ石垣島に

石垣島に着けば確かむクワデーサー等々懐かしき木と花の名を

みんさーの絢《あや》なす織物目にするも遠来し八重山の旅の喜び

みんさー工芸館

海近き料理店に友らは迎へくれぬ十余年ぶりに会ふ八重山の夜

八重山の砂白き浜に寄る波におのづから想ふ「海上の道」を

赤瓦・礁石の牆《かき》・四時の花・いさごの道は竹富の島　竹富島九首

暮れやすき秋の夕べを種子取《たねとり》の祭の謡《うた》は果つるともなし　民俗芸能奉納を伴ふ祭

解《げ》し難き方言の芝居喝采を浴びつつつづく森の木蔭に

種子取の祭の謡は響《とよ》みつつ日暮れむとして寂し竹富の島

世乞《ゆーくい》を見送りて仰ぐ島の夜の空は降るごとき満天の星

夜の神事、各戸を廻る。

司馬遼太郎嘗て泊りし竹富の民宿の夜にグルクンつつく

美味の近海魚

世乞の銅羅の音聞きて秋深き竹富の夜を眠らむとする

種子取の暁闇の神事果つる頃明け渡りゆく南島の空

祭過ぎ人ら去りたる竹富の島に花々は今も咲きゐむ

宮古島の旅（平成十二年十一月）

宮古島の女性店員巧まざる本土の抑揚にて話すはさびし

黒潮を望むリンクスに球打ちて悠々たり定年後宮古島の友は

来間《くりま》島へ渡る海峡満々とコバルト色澄む水を
湛へつ

木々茂る大神《おほかみ》の島神さびて珊瑚礁の碧き海に
静まる

宮古島は平《たひら》なる島テリハボクの並木の鋪装路
坦々と行く

甘蔗畑過ぎ来て姿良き琉球松幾本か見えて心なごむも

久松《ひさまつ》五勇士顕彰碑に想ふ琉球処分三十年後の忠国の業《わざ》を

バルチック艦隊発見を通報す。

宮古島に来るごとに覚ゆ昼も夜もそこはかとなき離島の情を

秋深き宮古島の夜に友の弾く三線《さんしん》の音ぞわが
胸に沁む　歓迎宴にて

宮古島の大き岬に今日も聞く億劫《おくこふ》変らざる波
の響きを　東平安名岬五首

この岬に立てば幻覚す空と海の際崖《さいはて》へこの身
攫《さら》はるるかと

大波の礁縁《リーフ》に白線を曳くさまも幾千年か変らざるもの

百合の花群れ咲く春にこの岬に若き友我をいざなひくれき

思ひ出の多き岬を去らむとしモンパの木に手触れ別れを告げぬ

沖縄本島の旅（二）（平成十二年十二月）

宮古島を発《た》ちて間なきに断雲の流るる空を那覇へ下降す

秋深み命を急ぐ南島の蝶はまつはる石蕗《つはぶき》の花に

スジグロカバマダラ蝶　**中城城址五首**

琉球の武士《もののふ》の夢中城《なかぐすく》の城址の青草踏めば思ほゆ

一四五八年城主護佐丸討たる。

遠き世の悲しみをしのぶ城跡《しろあと》を風は空しく海へ吹き過ぐ

ペリー艦隊の士官この城址を視察せり海見つつ波高き当時を想ふ

しぐれ来し城址に見れば神さぶる久高《くだか》の島は
海におぼろに

二十世紀末の沖縄史の記念碑と素直にうべな
はむ津梁館を

万国津梁館（主要国サミット会場）三首

首脳らも目を休めしかみんなみの海越えて優
しき恩納岳《おんなだけ》見ゆ

名護の町を訪ふ日またありや真輝《まかがや》く海越えて
見つむ津梁館に

十余年前見慣れし壺屋《つぼや》さま変りわが思ひ出も
行きどころなし

那覇の焼物店街

波之上《なみのうへ》に港見放《さ》けて過ぎ逝きしこの島国の幾
世紀想ふ

那覇港は沖縄の玄関口なりき。

沖縄を去る朝ホテルに鳳凰木の葉の揺らぎ見つつ島豆腐食む

沖縄の友との別れはいつも辛《つら》しこのつぎ会ふはいつの日ならむ

書の道に励めと友ら珍しきアダン製の筆を別れに賜びぬ
アダンは亜熱帯植物

後記

わたくしは、もともと写実主義の短歌に興味を抱き、自らも時折歌を作ってゐましたが、他の方面に関心を向けてゐたことから、久しく作歌を怠ってゐました。ところが、勤務の関係で昭和五十九年（一九八四年）三月に沖縄に赴任し、那覇に居住することになって、沖縄各地の風光に魅せられ、余暇に作歌をするやうになりました。日本本土から沖縄に赴任した人達が、沖縄の魅力に取り憑かれて、その虜《とりこ》になってしまふ現象を「沖縄病」と、わたくしの滞在当時には呼んでゐましたが、わたくしも沖縄病に罹ったのかも知れません。

わたくしは、沖縄に来てしばらくして、当地で撮った写真をベルギーの知人（国際会議が縁で知り合った法律家）に送ったところ、その人は、返事の中で「沖縄の激しい戦ひは、ヨーロッパのそれと同様に、われわれの記憶に新しいが、今日では、沖縄は、日本本来の平和で詩的な美しい風景を提供してゐる」と書いて来ました。思ひがけずヨーロッパ人によって言はれたこの「詩的な風景」（フランス語でいふ「ペイザージュ・ポエティク」）といふ言葉は、わたくしの気持に甚だ適切でありました。まことに沖縄は、景色の美しい海岸や城址ばかりでなく、町を歩いても丘に上っても、また晴れても降っても、詩的な風景に満ちみちてゐるやうに、わたくしには思はれたのでした。

また、沖縄は四季の分界がはっきりしないといはれてゐますが、わたくしは、日々の生活の中でできるだけ季節の推移といふものを感じ取り、それを歌の上にも表さうと努めました。

さうして、このやうにしてできた短歌四百八十八首をまとめ、歌集『沖縄の四季』と題し、昭和六十二年二月に那覇の「ひるぎ社」から上梓したのでした。沖縄には同年五月まで滞在しました。

本歌集『沖縄の四季（新版）』は、前歌集『沖縄の四季』の歌の中から本土（東京、九州）出張時の歌など百数十首を削り、沖縄滞在時の歌で前歌集に収載できなかったものを「沖縄の四季拾遺」として加へ、さらに平成八年と同十二年の二度にわたる沖縄旅行の歌をも加へたもので、総計四百五十九首になります。

このやうな歌集を世に出すのは、一面忸怩たるものを覚えますが、歌集の主題が「沖縄の四季」であり、またそれが沖縄諸島のほとんど全域にわたるといふ点で、或いは類書に乏しく、幾分かの意味があるのではないかと考へたからです。

巻頭の写真中の七言絶句は、わたくしが平成十七年に書いたものです。詩の作者は蔡大鼎《さいだいてい》、字汝霖《じょりん》といひ、一八六〇年清国に向かふ琉球の使節に通事として随行し、途中船が石垣島に碇泊した際に同島の禅宗寺院桃林寺を訪れ、「桃林寺に游ぶ」といふ題の七言絶句二首を詠んだのでした。蔡大鼎は琉球屈指の漢詩人であり、この旅の詠草は『閩山《びんざん》游草』として残されています（輿石豊伸注釈『閩山游草』一九八二年宜野湾市のあき書房刊参照）。わたくしの接した琉球文化の一面を紹介するといふ意味で、あへて拙書の写真を収録したものです。

また、植物名の表示については、天野鉄夫著『琉球列島有用樹木誌』（昭和四十七年、同誌刊行会発行）を参照しました。

巻末の「主要地名等索引」は、細目次を兼ねるものであり、地図は、歌に詠まれた場所、或いは歌を詠んだ場所が沖縄県下の大体どのあたりにあるかを示さうとする、文字通りの略図です。また「植物名索引」は、植物に関心のある読者に、或いは役立つかと考へて添へるものです。

沖縄滞在中多くの方々のお世話になりましたが、殊に故福治友邦氏（那覇家庭裁判所事務局長、後に那覇地方裁判所調停委員。沖縄史の研究家）には、終始、沖縄の歴史や地理などについて多大の教示を受け、わたくしの沖縄理解を広く、深くしてもらひました。また、故仲本正真氏（弁護士、那覇家庭裁判所調停委員。本土復帰前の那覇地方裁判所長）にも、平素同様の指導にあづかり、とりわけ戦争末期の避難行の跡を案内していただいたことは（本文九十八頁参照）、忘れ難い思ひ出です。ここに泉下のお二人に心から感謝の誠を捧げます。

筆を擱くにあたり、沖縄滞在の日々を回想し、友人諸氏の厚情に対する感謝の念を新たにするものです。

平成二十三年五月六日

東京にて　大久保　梧堂

主要地名等索引

地図番号	ア　　行	頁
①	粟国島	70
②	安波ダム	56
③	伊江島	27, 40, 41, 51 52, 82, 106
④	池間島	109, 129
⑤	石垣島	13, 15, 54, 61, 92 96, 112, 126, 136 154
⑥	伊是名島	33, 51, 103, 104
⑦	伊豆味	107
⑧	糸満	100
⑨	伊平屋島	33, 49, 50, 103
⑩	今泊	75
⑪	伊良部島	55
⑫	西表島	13, 66
⑬	御神崎	126, 127
⑭	浦添	10
⑮	大神島	160
⑯	沖縄市	35
⑰	恩納岳	109, 140, 166

	カ　　行	
⑱	海洋博記念公園	27
⑲	嘉津宇岳	109
⑳	勝連城址	34
㉑	勝連半島	23, 117
㉒	嘉弥真島	113
㉓	宜野湾	151, 152
㉔	旧海軍司令部壕	76
㉕	久高島	11, 23, 45, 124, 166
㉖	国頭	33, 56
㉗	久米島	57
㉘	来間島	62, 91, 160
㉙	黒島	138, 139
㉚	慶良間諸島	70, 119
㉛	東風平	99
㉜	小浜島	113

⑯ 二見 146

⑰ 辺戸岬 55

⑱ 平安座島 117

⑲ ホワイトビーチ 84

マ 行

⑳ 摩文仁の丘 25, 26, 64, 100, 101

㉑ 宮古島 12, 54, 55, 62, 63, 67, 91, 92, 111, 112, 130, 134, 135, 145, 159, 160, 161, 162, 164

㉒ 水納島 41

㉓ ムーンビーチ 73, 74

㉔ 本部半島 27, 51, 53, 105

ヤ 行

㉕ 八重岳 51

㉖ 八重山 13, 14, 16, 61, 94, 96, 113, 126, 127, 136, 138, 145, 150, 154, 155

㉗ 山原 56

㉘ 与那国島 14, 15

㉙ 読谷 102

サ　行

㉝ 座喜味城址　39, 102
㉞ 座間味島　28, 70
㉟ 首里　16, 17, 24, 88, 99, 133, 151

タ　行

㊱ 竹富島　113, 136, 156, 157, 158
㊲ 多野岳　40
㊳ 多良間島　54
㊴ 津堅島　124
㊵ 渡嘉敷島　70
㊶ 渡名喜島　70

ナ　行

㊷ 仲泊　78
㊸ 中城城址　11, 164, 165
㊹ 今帰仁城址　10, 32, 52, 60, 61, 75, 79, 97, 107, 152
㊺ 名護　40, 78, 79, 90, 101, 105, 109, 140, 146, 167
㊻ 那覇　9, 17, 21,22, 24, 30, 35, 43, 46, 53, 58, 59, 66, 69, 70, 73, 77, 82, 83, 87, 89, 99, 114, 115, 119, 122, 123, 124, 133, 141, 142, 143, 144, 149, 150, 153, 164, 167
㊼ 南山城址　85
㊽ 熱帯ドリームセンター　106
㊾ 野甫島　103

ハ　行

㊿ 南風原　25
51 波照間島　94, 95
52 羽地内海　40
53 万国津梁館　166
54 東平安名崎　12, 111, 130, 135, 145, 162
55 備瀬崎　49, 81, 82

沖縄諸島略図

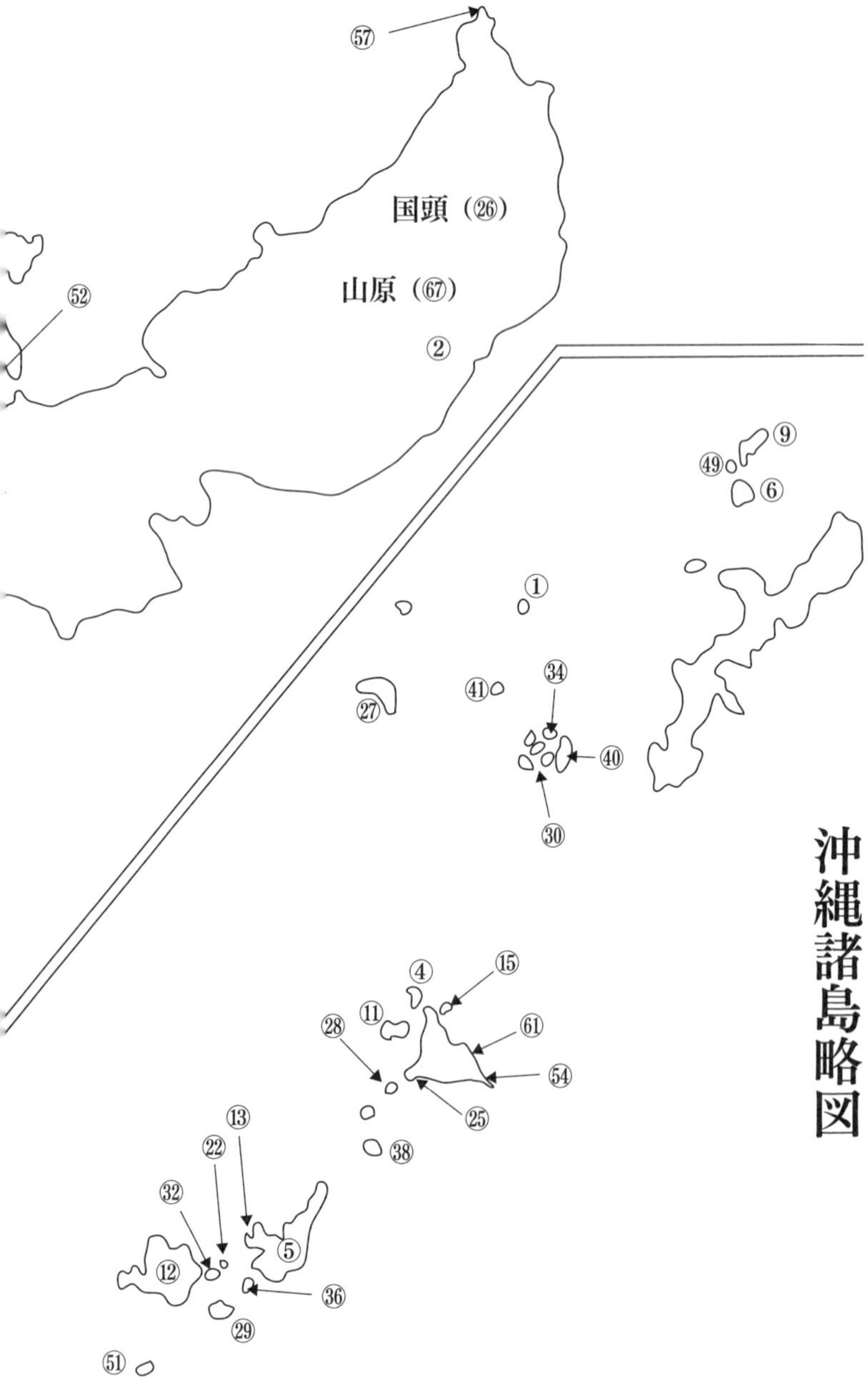

沖縄本島略図

砂糖黍 40, 54, 99
サンダンカ 84
シークヮシャー 11, 108
車輪梅 137
菖蒲 101
白百合 18, 65, 112
すすき・薄 40, 78
聖紫花 13, 93
栴檀・センダン 13, 59, 60, 85, 111

タ　行

大根 103
タンカン 53
犬槙（チャーギ） 149
石蕗（つはぶき） 164
梯梧・デイゴ 16, 64, 76, 85, 123, 137, 138, 139, 142
鳳仙花（ティンシャグ） 95
テリハボク 127, 160
デンドロビューム 68
冬瓜 25
橡 92
トックリキワタ 43, 83, 126
トボロチ 83

ナ　行

菜の花 94, 95, 96, 99
ニトベカヅラ 82

ハ　行

ハイビスカス 95, 121, 137
萩 79
芭蕉 71, 121
はぜ・櫨 52, 93
葉煙草 111
パパイヤ 129
浜あざみ 135
浜かづら 28
浜木棉 29
薔薇 103
バンシルー 135
バンダラス 67

植物名索引

ア　行	頁
藍	63
アコウ	35
紫陽花	116
アダン	73, 95, 168
アデカ椰子	129
アデニウム	66
アマリリス	116, 144
アラマンダ	118
アリアケカヅラ	118
伊集（いじゅ）	146
ヴァンダ	106
鬼あざみ	55
オンシディウム	116

カ　行	
榕樹・ガジュマル	22, 85
カトレア	68, 106
南瓜（カボチャ）	95
甘蔗	34, 41, 161
寒緋桜	51, 53, 75, 86, 97
菊	92, 97
黍	12, 104, 111, 134
夾竹桃	69
銀合歓	12
グアバ	37
くちなし	125
クバ	85
クロトレ	79, 123, 140, 142
クワデーサー	85, 136, 154
グンバイヒルガホ	28
月桃	20, 46, 49
源平臭木	125
紅梅	101
小菊	84
胡蝶蘭	140

サ　行	
サイハイデイゴ	107
桜	52, 75, 80, 97, 98, 138, 141

百日紅（ヒャクジツコウ） 35
ヒルギ 66
ファレノプシス 106
ふくぎ 24, 81
ブーゲンヴィレア 17, 82, 89, 92, 96, 138, 141
ベンガルヤハズカヅラ 91
ポインセチア 45, 46, 94, 120
鳳凰木 65, 118, 122, 168
菠薐草 60
穂薄 78

マ　行

松 39, 40, 98, 103
マッカウ 63, 67
マングローブ 13, 66
蜜柑 97
モクセンナ 38
桃 80, 97
モンパの木 127, 163

ヤ　行

椰子・ヤシ 9, 59, 78, 85, 96, 114, 134, 146
ヤラブ 127, 136
ゆーな 23, 24, 57, 118
百合 111, 135, 163

ラ　行

蘭 35, 67, 68, 69, 106, 107
リュウキュウチシャノキ 93
琉球松 161
連翹 108

著者プロフィール

大久保 梧堂（おおくぼ ごだう）

本名太郎。

昭和3年（1928年）兵庫県武庫郡魚崎町（現神戸市）に生まれる。

中学以後は東京で過ごす。

東京大学法学部卒業。

昭和31年裁判官となり、各地の裁判所に勤務。

昭和59年3月から昭和60年3月まで那覇家庭裁判所長、同年4月から昭和62年5月まで那覇地方裁判所長を勤む。

以後長野地方裁判所長兼同家庭裁判所長、東京高等裁判所判事を経て平成2年退官。

以後平成10年まで公証人を勤む。

旧「アララギ」会員、現在「新アララギ」会員。

住所　〒158-0082　東京都世田谷区等々力8-7-19
Email : yt-okubo@nifty.com

歌集　沖縄の四季（新版）

2011年7月15日　初版第1刷発行

著　者　大久保 梧堂
発行者　瓜谷 綱延
発行所　株式会社文芸社
〒160-0022　東京都新宿区新宿1－10－1
電話　03-5369-3060（編集）
03-5369-2299（販売）

印刷所　神谷印刷株式会社

ISBN978-4-286-10607-6